A mis pequeñillas y sus pelotillas.

G.C.

A Laurence Toulet.

A.B.

Puedes consultar nuestro catálogo en www.picarona.net

EL MOQUITO
Texto: *Géraldine Collet*
Ilustraciones: *Arnaud Boutin*

1.ª edición: septiembre de 2020

Título original: *La boulette*

Traducción: *David Aliaga*
Maquetación: *Montse Martín*
Corrección: *Sara Moreno*

© 2008, Éditions Glénat by Collet & Boutin
(Reservados todos los derechos)
© 2020, Ediciones Obelisco, S. L.
www.edicionesobelisco.com
(Reservados los derechos para la lengua española)

Edita: Picarona, sello infantil de Ediciones Obelisco, S. L.
Collita, 23-25. Pol. Ind. Molí de la Bastida
08191 Rubí - Barcelona
Tel. 93 309 85 25
E-mail: picarona@picarona.net

ISBN: 978-84-9145-391-8
Depósito Legal: B-10.486-2020

Impreso por ANMAN, Gràfiques del Vallès, S. L.
c/ Llobateres, 16-18, Tallers 7 - Nau 10. Polígono Industrial Santiga
08210 - Barberà del Vallès (Barcelona)

Printed in Spain

EL MOQUITO

Géraldine Collet ● **Arnaud Boutin**

 **Picarona**

Gonzalo se ha sacado
un gran moco de la nariz...

...y se siente incómodo.

¿Qué puede hacer

para

deshacerse de él

...?

¿Pegarlo en la mesa del salón?

¡No! Veamos...

¡Ahí es donde papá esconde los suyos!

¿Entre los cojines
del sofá,
como hace Zoé?

No. ¡No es cuestión de imitar a su hermana!

—¡En un pañuelo! —le ha dicho mamá.

—¡Lo tengo!

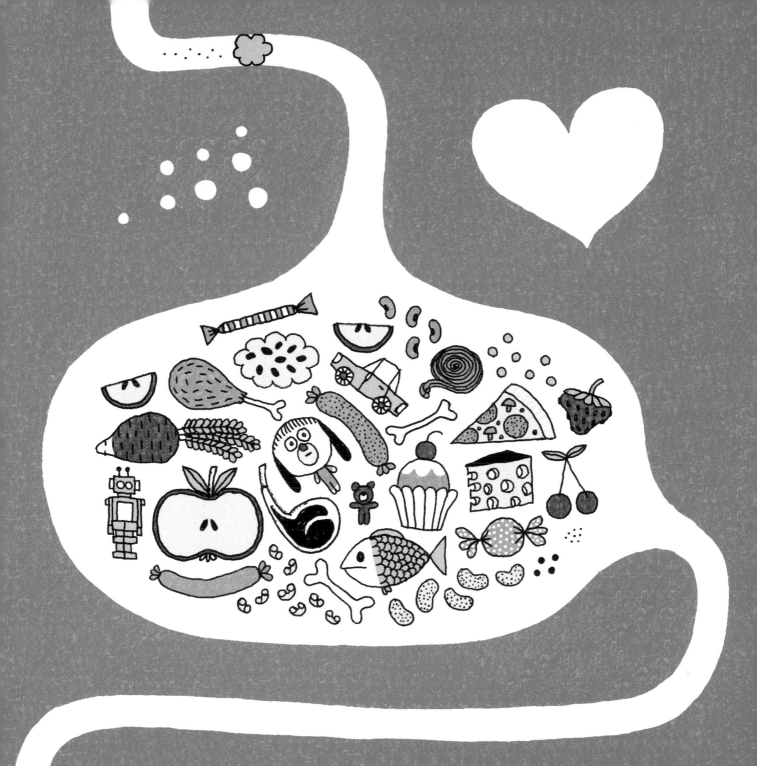

—¡Me lo comeré!

Pero claro, si cada vez
que se saca un moco
de la nariz...

...Gonzalo no sabe dónde ponerlo...

—¡No puedo comerme todo esto!

—¡Es demasiado!

¡BURP!

Así que juguetea con el moco
entre sus dedos hasta
que sale disparado.

¿Dónde se ha metido la pelotilla?

¡Ah, mírala!
Se ha pegado en la pared,
la muy traviesa.

¡Está bien! ¡Un pañuelo y a la basura!

Y ahora... ¡A por el otro agujero!